詩禪一如

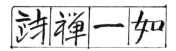

詩禪一如

제운 스님 지음

지혜의나무

머리 글

요즘 같아서는 가뭄에 곡식이 타들어가니 농부의 마음엔 다 갈아엎고 싶은 심정이고, 장사를 하는 사람들은 문 닫고 어디론가 떠나고 싶을 것이다. 특히 메르스로 인한 스트레스로 의사는 청진기를 던지고 싶을 것이요, 정부 당국자 역시 당장 사표를 내고 싶어도 그러지 못하는 것이 안타까운 때라 아니할 수 없을 것이다.

이러한 삶의 형태는 예나 지금이나 다름이 없는데 다만 지나간 시간은 가버린 추억마냥 아련해서 우리의 뇌리 속에 별로 남아 있지 않기에 오늘 이 현실에 괴로워하는 것이다. 이것이 인간이다. 인간을 흔히 '생각하는 동물'이라고 한다. 이 생각 한다는 이것이 스스로의 자존을 가지게도 하지만 동시에 하지 않아도 될 많은 고뇌를 만들어 스스로 고의 사슬이 되기도 한다. 어찌 보면 영장의 슬픔인지도 모른다.

이런 때에 소납(小衲)이 산문에서 한 편의 글을 쓰고, 다

들어 세상에 들어내게 되었다. 글을 쓴다는 것은 '생각을 쓴다' 라고 할 수 있다. 생각이란 사물(事物)을 인지하고 나아가 어떻게 할 것인가를 정하는 것이다. 가령 눈에 보이지 않는 세균을 현미경으로 잘 볼 수 있는 것처럼 우리들 삶도 어떻게 살 것인가를 생각하며 사는 것이지 그냥 보이니까 보고, 주니까 받고, 먹고 싶으니까 먹고 그렇게 만이 살 수는 없다는 것이다.

화가가 인생을 화폭에서 말한다면, 시인은 글을 통해 인생을 노래한다고 할 수 있을 것이다. 그러므로 나는 이번에 발표하는 글들이 시인의 감성으로 사물을 대하면서, 시인의 감성으로 사물을 비평하고, 시인의 감성으로 그것을 인지하면서도 나는 수행자라는 조건반사(條件反射)를 기억하고 내세우기도 했다. 조건반사란 그것이 주어진 환경에 의해 행동함을 말하는 것이다. 그래서 때론 세속에서 동화되기 어려운 환경을 보이고, 세속에서 느끼지 못하는 일들이 나의 시로 옮겨지기도 했다.

끝으로 이 글을 읽는 독자들에게 조금이나마 마음에 안식을 가질 수 있다면 나는 그것으로 충분히 만족 할 것이요, 특히 요즘 같이 출판사정이 좋지 않은 때에 저의 글을 출간하게 해준 "지혜의 나무" 이의성 사장님께 심심한 감사를 드리는 바이다.

　　　　　　황매산 보림사에서 걸사비구 제운 식

목차

정情

행 行

선 禪

지

4월

산 빛은 파릇한 옷으로
물결은 푸르게 푸르게
청아한 개울물소리
기지개 펴는 버들강아지
앞산엔 진달래꽃 피고
기뻐 지저기는 새들 세상
농부는 밭을 갈고
봄바람에
아낙네의 분주한 치맛자락
뛰노는 아이들의 시끄러운 소리
움트는 대지를 더욱 일깨우네.

거래(去來)

와 우습다
가는 것도 우습고
오는 것도 우습다

웃다가
울다가

어디로 가는지
어디에서 왔는지

그저 물 흐르듯
그저 흘러가는 줄
그렇게, 그렇게 가다

내가 나를 알 쯤
되돌아보는 쓸쓸함에

비로소

와상신음(臥床呻吟).

구름, 벗

쉬어 가세 쉬어 가세
청아한 물소리 들으며
마음 씻고 몸 씻어 구름과 벗해보세

오뉴월 볕 싫어해도 돌아보면 잠간인데
우리네 삶 그와 같아서
길다 싶으면 짧고 짧다 싶으면 늘어지고

하나를 가지면 더 달라고
욕심은 끝이 없어
채워도, 채워도 다 채우지 못할 바
비워 비우고 털고 털어서
텅텅 비워 근심이나 더세

저기 둥실 떠도는 구름
어허이, 어허이 불러대어
구름 벗이나 해보세.

나는 바람

나는 바람이었지
흐르는 물 따라 흐르고
산기슭 돌아 돌아가는
나는 언제나 바람이었지

물결이 출렁이다 돌아가면
도는 대로 따라 도는 바람이었지

삶이 바람이라면
영장이라는 우리들은 구름이다

한 편의 구름은 바람 따라 흐르고
한 인생의 흐름은 구름처럼 흐른다.

나는 언제나 바람이었지ㆍ

나의 일상

햇살이 눈이 부신가싶더니
소슬한 맑은 바람이 분다.
금세 먹구름이 바람에 쓸려 오간다.
비가 올려나 하는
이런 잡다한 생각은 밀쳐둔 채
아침을 먹고 잠시 도량을 둘러보고
소품 단상(斷想)달마 몇 점 그렸다
그리고 잠시 명상에 빠져들다
무자화두를 일으켜 세우면서
물에 붓을 적신다 그리고
발묵을 위해 먹물에 다시 적신 후
힘을 모아 화선지에 써내려간다.
오늘의 순수한 정신집중에서 나오는
선구(禪句)가 나의 마음을 위로해준다.
무무무무무(無無無無無)
無兮無兮亦無不無여라

라면

꼬물꼬물 면발이
묘하고 싱그러운 그 시절
얼 큰 한가 하더니
배가 부르더이다.

누가 라면을
그저
없는 사람 식량이라
배 채우는 그 것 쯤으로

하하하
그래도 나는
라면을 사랑한다오.

봄날은 간다

봄이 무르익은 일수유(一須臾)

뻐꾸기소리 귓전에 와 닿고

법당 돌 축 아래서 물 떨어지는 소리

한 생각 놓은 줄 몰랐어라

어젯밤 꿈에 남색 옷 동자가

차찬을 높이 들었네

기이하고 묘한 이치는

털끝도 용납하지 못하고

철없이 노는 어린 새때를 보고

문득 안팎의 경계가 둘 아님을 알았어라

시절은 언제나 제자린데

사람들이 시절을 따르네

텅 빈 산에 사람이야 오건말건

봄날은 간다네.

비올롱의 가을

내일은 아직 오지 않았는데
처절히 다가오는 엄습한
이별과 만남의 약속

가냘픈 풀벌레의 속삭임
애잔한 노래가 내 가슴에

귀를 씻고
눈을 뜨고
한 계단 높이 발을 놓는다.

법계(法界)의 무한이
동화된 산과 안개
되돌아보는 지난 시간

얻고 잃어버린 계절
다시 돌아올 그날을
흐느끼는 가을의 비올롱

아제아제바라아제
바라승아제모지사바하

아름답다고 보는가?

제법은 공(空)하거늘.

아직 갈 길은 저만치인데

제각기 길을 찾아 한 발짝.

바라옵건데

라일락 꽃피는 5월의 향기처럼

아무런 근심걱정 벗어나길.

제각기 개성 다른 삶의 인류여

바라보는 그 자리 싱그러울 때

라라라 가가가(呵呵呵) 얼씨구.

승리하는 삶의 그날을 위해

아무리 고단하고 험난한 삶일지라도

제대로 가야할 그길 찾아.

모진 비바람이 휘몰아쳐도

지극한 정성을 다해 기도하는

사랑하고 사랑하는 그 마음으로.

바라보고 바라보는 나의

하루는 오늘도 저 언덕을 향해….

如僧問狗子有佛性也否

어느 스님이 물었다 개도 불성이 있닭니까 길하 없다

역설(逆說)

난무하는 현상(現像)이
계절은 알고 오는지
민을 위한 민의
민을 의지한 당착(當着)
분분히 흩날리는 하얀 눈처럼
Paradox가
겨울 문턱 나뒹구는 낙엽
하늘은 찬기 몰려오는데
민의 가슴엔 서리가
마음 같아서는
동절의 초입 그대로였으면.

오늘의 독백

어둠이 산허리를 돌아
내 어깨 위로 살포시 내려앉은 도량에서
물소리에 잠시 나를 쉬게 해요.

세상은 나와 남이 서로 경쟁하고
무언가 홀린 듯이 여기저기 헤매다
언제 저승의 문턱에 들어설지
생각하면 무상하고
생각하지 않아도 허무한 세상.

한 발 한 발 내딛는 걸음마다
어떤 사람은 감로수요
어떤 사람은 내키지 않는 음용이지요.
사막은 별빛이 있어 좋다지만
그건 배부른 자의 오만 같은 것.

그럴 수만 있다면
소 타고 피리 부는 목자처럼

가는 길 험해도 가야하는 것이
우리네 인생 아니겠어요.

슬픈 건 한 번 갔던 길 다시
되돌아 올 수 없다는…
이것을 두고 옛 사람이 말하길
"예로부터 내려오는 영웅호걸들
동서남북 진흙 속에 누워있네" 라고.

무엇이 그토록 나를 애태우고
무엇이 그토록 나를 슬프게 하는지
뛰어가도 그 자리 찾아가고
쉬엄쉬엄 가더라도 결국 그자린데
길 잃은 양 떼 같은 가여운 인생들이여.

옥상에 올라

멀리 바라본다.

찬 서리 기러기 나르고
슬픈 호수는 해를 감싸고.

오색 옷으로 단장한 산기는
지는 해를 원망하듯 해서.

강 저편
철새들이 물물이 나르고.

땀에 젖은 농부의 이마 골이
실룩대는 시골 아낙네 엉덩이만큼.

깊어가는 이 가을을
풍성히도 끌고 가구나.

인생

언제쯤인가
어디로부터 왔을까 나는
산다고들 하지만 잠시 쉬어가는 것

행복을 알 때면
슬픔에 젖어있고
슬픔을 멀리하려 해도
늘 내 곁을 붙어 다니는 그림자

지나고 보면
괴롬도 행복도 모두 한 순간
다잡은 맘엔
후회와 아쉬움만이
흐르는 눈물처럼.

인생이란

어디서부터 왔는가?
업(業)의 수레를 타고
봄을 시작으로 여름은 무성한 성장이다.

가을은 결실이요
겨울은 공(空)의 세계
마치 캄캄한 터널처럼
들어갈 땐 무섭고 두렵기도 하다.

인간이란 순간에 죽고 순간에 사는 것
짧기는 찰나요
길게는 천리만리나 된다.

남자는 스스로 집짓기를 좋아하고
여자는 보호받기를 원하는 영특한 동물이다.

영특함이 없다면 근심마저 없거늘
그래저래 고뇌하는 그것이 인생이다.

저녁노을

붉게 화장한 저녁노을

싱그러운 백초 봄 향기 코끝에 와 닿는데

도량엔 온갖 잡초들 초록빛 옷으로 단장 하였네

때를 알리는 저녁 종달새 울음

그윽한 쑥향으로 표고버섯 된장국

풋풋하고 상큼한 돌나물 무침

입안 가득한 봄기운에 나는

잠시 구름을 탄 두타 나그네

원근의 봉우리를 유희 하구려.

침묵

정지된 어둠
가늘게 떨려오는 한 빛이
찌든 마음을 달랜다

깜빡이듯 스치는
온화한 불상(佛像)속 나는

줄지어 나르는 기러기 떼 쫓아
여린 끈을 놓을세라

이 밤 하얗도록
시름에 잠 못 이루고

어둠 뚫고 멀리
들려오는 개짓는 소리

뚝뚝 떨어지는 침묵이여.

하얀 밤

고요한 산사
떨어지는 물소리
쉼 없이 들려오는 이 밤

외로움 전쟁은
시작도 끝도 없어라

멀리 가까이 들려오는
생명들의 소리
잠시 지난날을 잊어본다

말없는 밤
하염없이 타오르는 촛불을 맴돌아
자욱 없는 눈물을 지우고

그래도 이 밤
지나기가 아쉬워서
옷깃 여미기를

거문고 가락 뜯는 만큼이나

길고 긴 여운으로
오늘은 보내고
내일은 기약하면서

하얀 이 밤을…

행복

사노라면
사노라면
그 시절 그리워질 때

미수(未睡)의 애태움도 간밤의 꿈
나비처럼 멀리 날아가고

설은 베게머리사이로 젖어드는 행복
양팔 내저으며 편안했지

행복을 기다리다 설친 몸부림이
저기 문전에 서성대고

때 늦은 아쉬움의 탄식
깊은 잠에 빠져 깨고 보니
모두 내 집에 일인 것을

모르고 산 인생도

마치 내 새끼요,
알고 산 인생도
모두 내 집안의 일인데

설음도 저 멀리쯤
행복도 저 멀리쯤
가고 보내고 나서야

아! 행복이었어라.

정

가을 여인

낙엽이 나뒹구는 소리마저도
가슴을 메이게 한다
스산한 가을 창공만 봐도 추억에 몸부림친다

어제 걷던 그 담장 길
오늘이 다가도 그 길 그대로

가을이 무엇이냐
감이 붉게붉게 물들고
설렌 마음 가을 감이 되어 더욱 붉다

가을이구나 하면
이미 가을은 저만치 가고
마치 기적 울리자 기차는 시야에 멀어져 가듯

그러기에 가을 여인은 하얀 스카프를 좋아한다
머리에서 목덜미 까지 휘감음은 지난 아쉬움 때문일까

바람에 일렁일 때면 지난날의 작별을 애태우며

오늘도 홀로 걷는 가을 여인

겨울밤

눈 내린 밤
창문 너머
무슨 생각에
방하착

흐린 날 만큼
인생이라오

늘
그리움도
늘
돌아섬도

내일 없는 내일에
오늘도 밥 먹고 잠잘 것을

봄여름가을겨울
흐르는 물과 같아서

누구엔가
길게 흘리고 간
못 다한 이야기를

나는 어제 같고 오늘 같은
희망의 약속인양

오늘은 바람이고
내일은 태양처럼
덧없는 구름인양
버리지 못한 아쉬움이어라

경호강가에서

해 질 무렵 울적한 맘 달래로
생초, 경호강을 갔었다.

강물을 바라보는데 황금빛 쏘가리가 물위
가가가(呵呵呵)

물빛은 점차 검어가고 배는 출출한지라
식당에 들어섰다.

환갑을 조금 넘은 아낙네
70이 넘어 보이는 노파가 나를 반긴다.

맘이 울적한지라 (소주나 많이 먹어야지)
매운탕 메기를 시켰다.

사람을 알아보는지 직경 30센치 가까운
뚝배기 가격은 1만원이라, 흐,

성의에 답하려
평소 반병에 마음을 두었던 소주 한 병에 가깝게 훌쩍.

오는 길 굽이굽이 마을
생태적 근원을 보면서 삶으로 돌아간
돈황(敦惶)시대 석굴 생각.

붉고 흰색이 감도는 굴
허허로운 해골의 참상들
산산이 부셔지는 물결 같아.

굴속 아미타불상 그림 그려
"아미타부처님이시여
담 생에 태어나면
전쟁이 없는 나라
징병에 처자식 굶기지 않고
이별 없이 살아가는 그런 곳에
(태어나길 바라는)

臨溪濯我足看山清我目不夢閑榮辱此外更無求

龍門山龍門方懷石

이 글을 쓰는 동안 흐르는 눈물

금세 둥근 접시가 됩니다.… ”

심취한 산골 옹기종기 모여 사는

“무위진인”(無位眞人) 외쳤던 임제(臨濟)

휴머니컬한 생각에 젖어

아!

오늘, 나는 행복한 사람이로고.

난 알 수 있어요

새가 지저기고
산골 물소리에
난 알 수 있어요

두터운 외투로 감싼 나무
바람의 잎 새를 보며
난 알 수 있어요

먼발치 메마른 논두렁
둥글둥글 말아놓은 짚단
난 알 수 있어요

총총걸음 행인
어깨동무 줄지은 모습
난 알 수 있어요

저 만치 기적소리
추억 떠올리지 않아도

난 알 수 있어요

이 가을이 깊어 감을.

남새밭에서

서평 남짓한 남새밭
무성한 풀을 뽑고
상추씨 뿌리고 고추모종 심었다.

며칠 또 며칠 흘렀지만
뿌린 상추씨앗 오간데 없고
고추모종 마저 시름하구나.

왜일까?
찬 기운이 감도는 작은 남새밭

남산에 구름이 일고
북산에 비 떨어지는 소식에 나는
초보 농사꾼.

눈 내리는 오늘

창가에 앉아
하얀 눈꽃 바라보며
잠시 추억에 젖어든다

거리엔
사람사람이 굴비가 되어
눈꽃에 뜨거운 키스를 한다.

메말라 튼 나무들
솜털 외투로 감산 채
랄라라 라라 노래 부르네

봄 날 봄바람에
벗꽃이 휘날리듯
눈꽃도 그러했다 오늘

눈이 와요

편편히 떨어지는 봄날 벗 꽃처럼

나뭇가지마다 하얀 옷으로 단장하였지요.

불그락 푸르락 누렇게 그리고

검게 변해버린 사바의 대지도

무구(無垢)의 하얀 옷으로 단장을 하였지요.

변해가는 삼라(森羅)의 도가니위로

하늘하늘 내려오는 천사처럼 그렇게

하얀 눈은 내리고 있지요.

머~언 날에 눈뭉치며 놀던 개구쟁이

아궁이에 건져낸 숯덩이로 눈사람을 제법 사람의 향기도 느낄 수 있었답니다.

도량엔 지금도 눈이 내린답니다.

어떤 좋은 날 희미한 가로등 아래로 속삭이며 걷던 그 시절…

성곽을 따라 눈을 반기며 걷던 그 시절도…

보림사의 봄

비에 젖은 호수는 물안개로 피어나고
법당 모롱이에 자리 잡은 청초한 진달래
봄비 흠뻑 젖은 그 모습 애처러워
합창이라도 하듯 들려오는 산 개울소리
뭇 새들 지저귐은 하모니 오케스트라
그 옛날 강변에서 소 먹이던 생각이
봄날의 잔비처럼 내 가슴을 적시네
요사 뒤에는 살구나무 꽃피고
도량엔 맑숙한 개나리꽃들이
어릴 적 내 누이 얼굴 같아라
배수진을 친 잡초들은 병사처럼 무섭게 다가오는데
잔비 맞으며 도량을 서성이는
홀로 사는 비구(比丘,독신 수행승)의 머리를 흔드는구려.

봄 날 도량에서

회색 빛 도량에 가득하고

간간이 들려오는 봄 새소리

해맑게 얼굴 내민 진달래 꽃

산 개울은 하모니 오케스트라

가녀린 이슬비의 애잔함

나는 흠뻑 젖어 들었다

풀잎 향기 코끝에 와 닿고

가버린 추억의 저쯤인가…

In front of me now

끊어진 거문고 줄에

나는 단상(斷想)에 빠져들다.

봄비에 젖어

소리 없이 내리는 봄비
꽃들은 빗물에 얼굴을 씻고
고즈넉한 산사는 침묵에 빠져
돌담장 이끼도 목욕을 즐기고
빗물에 날개 퍼덕이는 산새들
뜰 앞에 맑게 세수한 난 꽃
안개꽃에 묻혀버린 호수
이별에 젖어든 손수건 마냥
그 사람 생각이 나네요.
그리움으로 기다리던 봄이라지만
멀어진 님 처럼 그렇게 가고 있어요.

비 오는 여름

빗물은 밀면 내리듯 하고
천둥소리는 산을 흔드네
창가에 누운 내 이마위로
앵앵대는 파리 한 마리
산사는 더욱 고즈넉하고

날짐승 자취도 저만치인데
나그네 발길마저
무슨 생각에 짧고 긴 여몽
고라니 꽥꽥거리는 구애소리
이 몸 영혼을 망각케 하구려.

안개 속에 묻힌 천지는
산인지 물인지 구분 안 돼
맥박 뛰듯 들려오는 개울물소리
때늦은 개구리 속삭임
금풍은 소슬히 불어오고

맨얼굴 말갛게 내민 달마 봉

납의(衲衣) 걸친 삿갓 중

아낙네 뒷모습 바라보는데

느티나무에 매달려 울어대는 매미

어린 사미승들의 합송이어라.

사랑이란

사랑이란
흔한 들풀 같은것
뒤섞인 안개가 되고
그 속 뚫고 나올 땐
해맑은 얼굴 내민 연꽃이어라.

사랑이란
나의 존재를 알 수 있었고
그대 있음에 행복할 수 있었다.

사랑이란
함수관계와 같아서
때론 천년의 빙하가 되고
어느 땐 도도히 흐르는 강물이어라.

사랑이란
혀 내민 꽃뱀
날름되는 혓바닥에 춤을 추고

그 속으로 동화 되는 것.

상사초

얼마나 그리웠을까
아직 냉기 가시지 않은 춘삼월 초
잎이 나도 꽃을 보지 못하고
꽃이 피어도 잎이 없는
상사초여

긴긴 겨울잠에
그토록 애잔한 이야기들을
다는 감추지 못하였어라
그리워하면 그리워할수록 볼 수 없고
그리워하지 않으려 해도 끝없는 그리움이
오늘 동토를 무너뜨렸네.
상사초여

티끌세상 즐비한 잡초군락에서
그리움을 감춘 채
맑은 미소로 봉긋이 얼굴 내민
그대 이름은 상사초여라.

아쉬움의 가을

이 가을 아직 이라면
결실은 저만치인데
밀물의 슬픔도 산 빛의 행상(行喪)처럼

곱게 고운 하얀 손수건
잃어버린 시간의 애잔한 약속.

멀리가까이 잠시 머무는 정거장
시(是)와 비(非)는 한통속 디딜방아에 물레방아라

전장(戰場) 떠난 북장단에
이 가을은 깊이 익어가고

난 가을의 노래를
공허(空虛)의 블루 빛만큼 이라네.

오늘의 심사

심야우고 深夜祐孤
수지승심 誰知僧心
점입서창 霑入暑窓
상침명공 上寢鳴蛩
득일사이 得一捨二
고적무극 孤跡無極
작야부몽 昨夜父夢
한신운객 恨身雲客
유고청천 有高青天
견평지광 見平地廣
애생차토 哀生此土
무불처처 無不處處

밤은 깊어 더욱 고즈넉한데
뉘라 이 산승의 마음 알까
수동지화
창가엔 무더위가 젖어들고
베게머리엔 귀뚜라미소리

하나를 얻으려 둘을 버렸건만

외로움의 발길 끊임이 없어라

어젯밤엔 꿈에 그리던 아버지를 뵙고

구름나그네의 신세타령

하늘이 푸름은 높기 때문이요

땅이 넓음은 평등함을 보이는 것이니

이 땅의 중생들 탄식하는 소리

곳곳 아님이 없구나.

65

원효암

초암은 침묵으로 떨어지고
뜰 앞 풀 향기 코끝에 와 닿는데

바람 탄 구름 산 까치와 벗하고
이따금 들려오는 풀벌레의 노래 소리
안개 속으로 피어나네

빗물에 목욕한 호박 한 덩이
풀 향기 화장한 소녀의 뺨 같아라

도량에 무성한 잡풀은
녹색병정이 되어 배수진으로 다가온다.

이 가을

쌀쌀한 발길 나뒹구는 낙엽
그대의 영롱한 Scarf
바람에 나부끼던 그날
터벅거리며 걷던 발길
찬바람에 문풍지처럼…

이 가을에
그대 생각이 나는 것은
지난날들의 추억 때문일까
흘러가버린 물결 같아서일까

그래도 지워지지 않는 추억들이
아른거리는 물결처럼
이 가을 내 가슴에….

종소리

흐느낌 소리
외로운 이 밤
저만치 두고자

새근거리는 귀뚜라미 소리
귀를 맞춘다.

은근히 들려오는 두견새소리
긴 잠의 Silence

행

行

길 위에서

길 좇아 여기저기
오늘은 동가숙이요
내일은 서북으로 갈까

서천(西天)귀인도 그랬던가
삼처전심(三處傳心)으로
거리에서 보인 닐바나(nirvana)
석가도 그랬었지

삶의 여운이 침침할 때
어디가 극락이던가

더럽고 깨끗함이 둘이 아니라면
가난과 부 또한 나눌 수 없어

병든 사자는 두~둥실 춤추며
나무아미타불 관세음보살이어라.

내가 가는 길

내가 가는 길
내가 머무는 길
근심을 저만치 둔다.

내가 가는 길
내가 머무는 길
오직 희망을 둔다.

내가 가는 길
내가 머무는 길
행복이 있음을 둔다.

내가 가는 길
내가 머무는 길
중생의 생각을 둔다.

내가 가는 길
내가 머무는 길

휴머니즘의 위대함을 둔다.

내가 가는 길
내가 머무는 길에서.

내일을 꿈꾸는 자여

내일을 생각하고 내일을 꿈꾸는 자여
오늘 하루를 그냥 보내지 마라.

하루는 마치 천리를 바라보는 첫 계단을 밟는 것 같아서
영원한 삶을 향할 수 있다네.

세상은 시시로 변하고
인간의 마음도 시시로 변한다.

무엇을 주저하고 무엇을 망설이느냐?
뜨는 해는 지게 마련이고
한 번 흘러간 물은 다시 돌아오지 않는다.

내일을 꿈꾸는 자여
새벽의 문을 마구 두드려라.

천지 만물은 새벽이 시작이고
절간의 대종(大鐘)소리 삼천세계를 알린다.

목어의 울림은
그대 잠든 정신을 일깨우리라.

내일을 꿈꾸는 자여
온 누리에 가득 찰 만큼 기지개를 펴라.

그리고 생각하라 오늘 이 하루
그대 두뇌에 영원의 꽃 활짝 피어나리라.

도봉산 아래서

거친 황야(荒野)에 휘몰아치듯 달려
치킨 반 마리 시켜놓고
감미롭지 못한 운명을 생각한다.

강가에 사는 놈은 늘 강을 생각하겠지
바닷가에서 자란 놈은 늘 바다 쪽을 향하리다.

내가 찾는 임은 험버 강(Humber River)이 아니니
붉은 보석이 한강에 있을까보냐

기다림의 세월
꿈결에서 가끔은 이루어진다는데
나는 늘 꿈속에서 꿈을 기대하는 것 같아

오늘도 꿈속에서 나비를 찾다
내가 나비가 되어 나르다 다시 꿈속으로 가버렸네

나에게 세월은 무심인지 허무인지

가고 오는 것들이 마치

구름에 달 비껴가듯 그렇게 흐르더라.

문득 한 생각

산 개울 물소리
나뭇잎은 미풍에 떨고
기다리던 임은 보이지 않아
불청의 '청살모'만이

꽃이 피든 지든
내 가슴에 임만이
하나를 찾아 둘을 버렸건만

동가식(東家食) 서가숙(西家宿) 설음
누가 이 분상에서 속과 비속(非俗)을 논하랴

와도 온 자취 없고
가도 간 흔적 없거늘
어떤 이는 소에 코를 끼어 가고
어떤 이는 소 등을 타고 가더라

누가 소 주인이며

누가 소를 얻은 것인가
하늘이라 다 덮지 못하고
땅이라 다 싫을 수 없는데
남산에 이는 구름에 북산이 우뢰를 내리더라.

바보

오늘도 길 찾아
여기저기 다녔다

막지 않는 산문에 서성이다
돌고 돌아서
근심스런 아낙네 얼굴
편치 않은 미소를 남긴 채

흔적 없는 흔적들을 향해
나는 왜 이리도

일찍이 달마의 모습인가
석가의 자취인가

내 몸에 유전하는 진주는 버리고
강가 갯버들에
내 뜻을 전하려한다.

산자락에서 띄우는 편지

고즈넉한 산자락 해는 청솔너머 저만치인데
옷깃사이 살며시 찾아드는 저녁기운
휘파람 새소리에 종달새 따라 울고
멀리 가까이 들려오는 고라니의 애틋한 구애소리
산사의 적막을 깨운다.

세상은 온통 들끓어
바닷물이 용광로의 쇳물처럼
"세월호"는 그렇게 세월 저편으로

꽃보다 아름답고
그 어떤 보석과도 견줄 수 없는 청춘의 넋이
파도처럼 밀려왔다 부서지는 비가(悲歌)
오늘 이 산자락에 물결처럼 밀려오누나.

누가 있었기에
누구였기에
그들의 영혼을 핍박하고

그들의 영혼을 못 쉬게 하는가.

산천은 그대로인데 무엇이 오가느냐
무심히 뜨다 사라지는 구름처럼 인생이라면
왜 봄은 와서 가을은 보내는가?

자비하신 관세음보살이시여
구고구난 관세음보살이시여
그들의 영혼을 구원 하소서
그들의 영혼을 쉬게 하소서

나무아미타불
나무관세음보살
나무지장보살.

삶에 대하여

생여운　生如雲　삶은 뜬구름 같은 것
주불구　走不久　달려도 오래가지 못하고
주불기　住不期　머물려 해도 기약할 수 없다
하노구　何勞求　무엇을 애써 구하려느냐.

득방하　得放下　얻고자하면 놓아라
사득시　捨得始　버릴 때 비로소 얻는다
이득실　離得失　득과 실 떠날 때
진행도　眞幸道　진정 행도이니라.

일생공　一生空　일생이 헛되면
회불통　悔不通　후회도 통하지 않는다
일기락　一期樂　한 때의 즐거움
래고인　來苦因　고의 인으로 돌아온다.

수지아　誰持我　누가 나를 지켜줄 것인가
독거래　獨去來　홀로 오갈 뿐
물세정　勿世情　세상을 탓하지 말라

生知雲走不久住 方期何炒書得教
拾薄指離絕失真行道
一生空悔不通 一期樂來苦回難持
我獨去來何去情法無常

甲午年秋夕前日 頌 生一步 ☐比丘 ☐雨

집은 든든하고 깊은 산중에 오래 머무르며 한결같이 뜻하고 세월가는 것을 모르는데 집으로 찾을 수 있다면 누가 두려울지라도 세상을 찾지만 일생이 허망하여 무엇으로 돌아올 곳으로 가지만 세상을 찾지만 모든 것이 덧없는 것을

여기 그림과 화제는 삶의 이야기로, 해와 달이 나오는데 우리가 세상에 첨 나와서부터 성장하는 과정에 생노병사하는 과정이요, 그리고 푸른 점점들은 우주의 생성과정과 성주괴공(成住壞空)하는 내용입니다.

84

법무상 法無常 모든 것이 덧없는 것을.

"산다는 것이 한 조각 뜬 구름이요, 죽음이라는 것이 한 조각 뜬 구름이 사라지는 것이다."(生也一片浮雲起 死也一片浮雲滅) 이 구절은 불가에서 스님들이 상용하는 의식에 나오는 내용으로 인생을 비유한 말이다. 노자도 그의 고은(苦恩)에서 "발돋움하면 제대로 설 수 없고, 가랑이를 벌리고 걸으면 오래 걸을 수 없다"(企者不立 跨者不行)고 했다. 이 말은 현재를 살아가는 인간의 한계를 말하고 있다. 과거 진시황제가 불로초를 구하려 했지만 불로초를 구하지 못한 것처럼 '나면 가는 것이 진리다.' 다만 잠시 머물다 가는 것인데 그것을 불교에서는 성주괴공(成住壞空)으로 정의한다.

우리들은 처음 세상에 나와서 세상을 적응하기가 어렵다 해서 부모를 비롯해서 많은 사람들로부터 세상공부를 하게 된다. 그렇게 세상을 익혀나가다 겨우 세상을 알 쯤 되면 세상을 영원한 자기만의 세상쯤으로 착각에 빠져든다. 늙으면 병들고 병들면 죽을 수 있다는 생각도 하지 않으려 해서, 나와는 아무 상관이 없는 것처럼 그렇게 살아간다. 하지만 엄격히 보자면 인간이 세상에 나오는 것은 짐작할 수 있어도 세상과 이별하는 것은 아무도 알 수 없다. 그것이 인간이라면 누구에게나 주어지는 슬픈 운명이다.

그러한 슬픈 운명을 알고자 젊음을 훌쩍 내던져 수행의 길에 들어서는 사람들이 아주 오래전부터 지금에 이르기까지 많이 있다. 그런 사람의 대표적인 사람이 네팔의 왕자 신분으로 고행의 길에 나선 싯다르타 태자요, 동인도 왕족인 달마(Dharma)가 대표적이라 할 수 있다. 달마가 인도에서 중국을 오고 갔다지만 그는 오감이 없는 삶을 살다가 갔을 뿐이다. 그는 죽음도 보이고 죽지 않음(還生)도 보였기 때문이다.

세상은 내가 있고 부모가 있고 이웃 친지 등이 있다지만 가장 슬픈 나의 마지막을 함께할 수 없는 것처럼 인간은 외로울 수밖에 없다. 그러므로 누가 나를 지켜줄 것이며 덧없이 흘러가는 세월을 뉘라 감당할 수 있을까?
그러해서 가는 세월을 탄식하기 보다는 현재에 충실하게 살아야한다. 근세 남쪽의 도인으로 평가 받은 경봉(鏡峰)스님은 그에게 찾아오는 사람들에게 자주 쓰는 법문(法門)이 "사바세계를 무대로 삼아 멋진 연극 한 번 하고 가라"했다.

어떻게 사는 것이 멋진 연극이 되는지, 어떻게 살아야 무대의 주연으로 살아가는지는 이 글을 읽는 정도 사람이라면 다 알 수 있을 것이다.

새해를 바라보며

허허로운 티끌세상
어두운 무명(無明)에서 나와
언제쯤일까 다시
어두운 무명세계로 생각하면 허무하기만…

무엇이 가진 것이고 무엇이 부족한 것인지
무엇을 내세우고 무엇을 버려야 하는지
되돌아보면 모두 부질없는 순간들
적지 않은 아쉬움만 저만치 둔 채
그렇게 이 한 해도…

사바(娑婆)는 인욕(忍辱)이라
인내하고 또 인내하며 사는 것
그렇게 인내하며 살아가야할 새해의 문이 열리는데
다시 무엇을 위해 어디를 향할 것인가
우리들 모두의 과제이자 희망이다

지난날의 아쉬움은 다 털어버리고

일기일회(一期一會)하는 마음다짐으로

다시는 반복하는 아쉬움이 없는

희망에서 행복으로만 이어지는

새해가 되길 바라마지 않습니다.

성도재일에 이르러

니련선하 소녀가 바친 우유죽
육신과 정신이 나눌 수 없음을
수정주의라 했던가

6년 샛별이 새벽을 열고
고타마 이마에 찬란히 빛나는 순간
산하대지풍광이 유아독존으로 사바를 빛냈네

고타마여!
인간으로서 인간의 한계를 넘은
최초의 인간이어라
45년 그가 남긴 장광설

겐지스강이 마르는 그날까지
동으로 서로 남으로 북을 넘어
조용한 아침의 나라에 이르기까지
"스스로의 등불을 밝혀라, 계를 스승으로 삼아라"

그는 그렇게 오셨고

시방에 영원불멸하는

모든 중생의 법보화신으로 우리와 함께 하누나

수심(修心)

전생의 일을 알면서부터
뜻을 지켜 진실 되게

탐욕을 멀리하고
정업(淨業)을 소중히 여긴다.

마음의 때를 씻고
온갖 유혹에서 벗어나

자심(慈心)의 측은지심(惻隱之心)을 내어
문득 선정(禪定)에 든다.

보살(菩薩)의 대비심(大悲心)으로
물속으로 진흙 속으로

마음 닦는 오늘이라네.

염주(念珠)

둥글둥글 엮어져
굴리고, 굴리고 또 굴리는 염주
업식(業識)으로 받은 백팔번뇌
비늘 떨치듯 해서 문득
나를 잊게 하는 선정(禪定)에 들어
극락정토도 가시밭길 예토(穢土)도
저만치, 저만치 가버렸다네
무슨 일로 꽃은 피고 지고
무슨 일로 새는 울고 있는지
번뇌 비늘 떨쳐내는 백팔염주여라.

오늘 같은 봄 날

비바람 휘몰아 칠 때면
왕새우 몇 마리에 소주 한 잔이면
티끌세상을 잠시 잊을 수 있어
행복에 젖어들겠지요.

무엇을 위해
누구를 위해

고삐 풀린 망아지 마냥
그렇게, 그렇게 오늘을

시냇물은 정겨운 노래를 하고
백성을 파는 위정자는
내일은 잊은 채 오늘 하루를

가버린 자는 말 없고
곁가지에 매달린 뭇 생들
콧구멍 없는 피리만 불어대니

때 잊은 매미가 전주곡 준비에 바쁘네.

허~허

누두불소(漏頭不小, 허물이 적지 않음)로고

을미년을 맞아

억겁의 수레를 넘어
어둠 저편에서
푸른 양떼가 다가왔다

새로운 시작을 위해
진토의 강을 건너
넘실대는 고해를 넘어
우리 곁에 다가왔다

무엇을 위해 머뭇거리나
어차피 빈 몸으로 왔는데
얻고 버릴 것 없나니
거침없이 창공에 바람처럼 나아가라

어제의 미움도
어제의 못 다한 사랑도
모두 하늬바람에 날려라

오직 새로운 시작을 위해

희망과 행복을 향해

오늘을 쏴라.

護拳言

是真是俗
俗真不
其如羣原
一念息
真不息俗
與分上
不論是非

真俗不異，頌�丙玉

진속불이(眞俗不異)

수거언시진시속　誰擧言是眞是俗
속진불시여귀원　俗眞不是如歸原
일념식진불식속　一念息眞不息俗
차분상불론시비　此分上不論是非

누가 진이다 속이다 말 하는가
속과 진은 근원으로 돌아가면 같아
한 생각 쉬면 진이요 쉬지 못하면 속인 것을
이 분상에서는 옳고 그름을 논하지 말게

인간이란 워낙 영특하면서 복잡한 mechanism으로 사바(娑婆)에
왔다. 해서 같은 물질을 두고도 이렇다 저렇다 옳고 그름을 논한
다. 옛 사람들이 말하길 "열길 물속은 알아도 한 길 사람의 속을
모른다." 하지 않던가?
그러므로 해서 속인이다, 아니다. 이것은 진짜니 fact니 하면서
서로의 우월감을 드러낸다.
멀리 가까이 관음보살이 바라보면 어떻게 생각할까? 하지만 이
세상 가장 아름다운 것 또한 인간이 아니겠는가? 반대로 가장 추

악함도 인간이지만…

무엇이 진실이고 무엇이 가실인지 나로서는 정의하기 어렵다.

불가의 심경에 "색이 곧 공이요 공이 곧 색이라"(色卽示空空卽示色)하였듯, 구분하기 어려운데 특히 공의 세계는 void나 empty가 아니라 모든 것을 포함하는 것으로 다시 시작의 의미가 있다.

그래서 진이다 속이다, 즉 참된 진여불성(眞如佛性)이니 그것을 떠난 것이니 하는 것은 짧은 소견이요, 소인배라 할 수 있다.

처행(處行)

종도차처거처행　從道此處渠處行
하일주향남창원　何日住向南昌原
본연달마우석가　本然達摩又釋迦
편휴생거하착구　便休生去何着求

길 따라 여기저기 다니다
어떤 날 남쪽을 향하다 창원에 머물다
본시 달마도, 석가 또한 그러했다
잠시 쉬어가는 세상 무슨 집착으로 구하려 할까.

　서울 직할 공 사찰 적조사 주지 살이 한지도 어언 10여년 일산에서 정광사를 개원해서 몇 년을 살았다. 하지만 어릴 적 출가라 세상물정 모르고 '늘 그렇겠지' 하는 생각에 빠져 정광사도 버리게 됐다. 그러던 어느 날 가끔 드라이브 즐기던 양평의 용문사를 들렸는데 당시 주지가 74년 법주사 강원 도반이라는 걸 알고서 용문사 방부를 드렸다.
　그렇게 화려했던 과거는 저만치 보내고 고급스런 차도 버리고 한주(閑住)로서 5년을 살았다. 한주라는 것이 단순히 한가하게

지낸다는 뜻만은 아니다. 엄연히 소임(所任)이다. 승납 을 갖춘 스님들에게 부여되는 소임이다. 그러니 아무나 나이가 많다고 되는 것도 아니고 어느 정도는 법납(法臘)과 법력이 있어야한다.

그렇게 용문사의 생활이 시작되는데 나는 첨에 지난 날 되돌아 보며 옛적 공부하던 시절로 돌아가 수행하던 자세로 살려고 했 었다. 물론 차도 없이 살려고 했었다. 그러나 시간이 석 달 쯤 될 무렵 산이라 교통이 불편함을 느끼게 되면서 다시 차를 구입하 는데 지난 날 어느 신세졌던 보살에게 차를 넘기던 생각이 난다. "스님 차를 제게 주시면 스님은 차 없이 어떻게 살려고 합니까?" 난 당시 좋은 차를 탈 자격이 없다는 생각을 했다. 차 가격이 4천 만원이 넘는 외제 지프차였다. 그런 차를 조건 없이 "보살 빨리 명의 이전 하면 좋겠다."는 말로서 그렇게 버렸는데 다시 차를 구입한다는 것이 irony라 하지 않을 수 없다. 그렇게 차를 구입 했지만 돈이 부족해서 10년이 훌쩍 넘은 겔로퍼(400만원)을 그나 마 할부로 구입했다. 슬픈 일이다. 사람의 마음이 조석지변(朝夕 之變, 아침저녁 변한다는 말)이라 했던가? 아니, 불가에서는 찰나지 변(찰나는 눈 한 번 깜빡이는 80분의1)이라 하니 우습고 우습다 하지 않을 수 없다. 그렇게 5년이라는 짧지 않은 시간을 살면서 작심 했던 맘 다 채우진 못해도 뜻을 져버리지 않으려 열심히 애를 쓰 고 살았다. 매년 책을 한 권도 내고 어느 해는 두 권도 냈다. 그렇게 낸 책이 10권이 넘었다. 그리고 틈나는 대로 건강을 위해 운동도 했다. 양평 탁구장에서 후배 j와 탁구를 즐겼고 때론 더운 여름날 가평 설악 그 험하다는 고갯길을 MTB바이크로 돌아 도라 140리길을 탔었고 또한 어떤 날은 용문산 정상을 오르고 오르길 무려 13번을 등반할 수 있었다. 그리고 그해 2012년 4월 6일부터 15일까지 양평군에서 위탁 받은 용문사 박물관에서 전시회와 시집 "당신은 나에게 무엇입니까"를 발표할 수 있었다.

 그러던 어느 날 난 용문사도 살만큼 살았다는 생각에 남쪽을 향했다 첨엔 서부 경남 고성에서 잠시 머물다 부곡 청암사로 창원 회광선원을 개원하고 그렇게 지내다 문득 합천 보림사에 이르게 되었다. 산다는 것이 무엇인지, 수행이 무엇인지 그저 허허로운 그런 것 쯤 오늘 이렇게 글을 써 본다. 다행하게도 이곳은 합천 땜이 눈에 훤히 보이는 경치 좋고 물 좋은 그런 절이다.

팽목항 오늘

봄이라지만
싸늘한 바람 더하고
시야에 먼 바다
이리도 푸르고도 푸른지

님 의 외침일까
가버린 추억의 채찍일까
바람에 나부끼는 노랑리본

"…"

그늘진 세상
빗물 같은 하소연…
다 펴지 못한 한 송이 꽃

어디쯤일까?
소식 몰라 오늘도
돌아서는 발걸음이어라.

향심(向心)

멀리 바라보이는
줄 기러기
자유의 날개 짓

어디를 향할까
무슨 생각을 할까
큰 날개 퍼덕이며

질서는 파괴라
큰소리 바람에

구억, 구억
무욕, 무임으로

선

禪

가가가

하늘 진노함에

천지야 변하는가?

세상은 오늘도 어제와 다르지 않아

북풍에 파랗게 멍들고

남풍에 마음 둘까 하는데

서풍에 놀라 자빠지니

동풍이 날 살리려드네

이 무슨 소식인가

안개 자욱한 어느 여름날이어라

악!

고(考), 자명(慈明) 비구니

그토록
그리움에 그리움을 더한
님 이라 말하고 싶습니다.

늘
자애로운 보살이요
청정비구니.

그렇게
훌쩍 가버리려고
중생들 애태우셨나요.

나무아미타불
나무아미타불
나무아미타불

친견미타 왕생극락.

*지금은 적멸(寂滅)에 드셨지만 고인(故人) 생전에 보낸 서신.
자명(慈明) 비구니(比丘尼)에게

지금 막 일주문 밖에 차를 내려놓고 새로 만든 새길 옆 졸졸졸 흐르는 물길을 따라 마음을 쉬며 걸어왔습니다. "불법(佛法) 만나기 전, 모태이전(母胎已前)" 소식에 역시 수행자구나 하는 생각이 드네요. 불법이란 본래 비불법입니다. 다만 중생들이 알지 못해서 방편을 보인 것이지요? 모든 중생이 참 이치를 안다면 보일 것도 닦을 것도 없겠지요. 어느 스님의 법문처럼 "법문할 놈 누구며, 들을 놈 누구냐" 하였듯 현상도 천, 만 가지 차별이요, 중생의 근기도 천차만별이지요. 우리가 선을 한다고 드는 화두가 마당을 쓰는 빗자루에 불과하듯 우리의 정신을 맑게 지닐 수 있다면 굳이 도다 선이다 하는 것은 없는 것이지요.

그러므로 저는, 우리나라 신라의 고승 무상(無相)스님 생각이 납니다. 그는 선을 하기위해서는 "無憶, 無念, 莫妄"을 내세웠습니다. 이것이 무엇입니까?
무억이란, 과거를 생각하지 말라는 것으로 정신을 현재에 두고자 함이고, 현재라지만 현재에도 빠지면 안 되는 것이 분별하지

112

말라 망상피우지 말라는 무념이 아니겠습니까? 나아가 망녕되지 말라는 삼학의 계처럼 몸가짐을 강조하는 것 아닙니까?

그러해서 자명스님, 도란 유 무형을 뛰어넘는 것으로 마음이 비면 그대로 자성자리 오롯해서 마치 거울을 깨끗하게 닦으면 가지가지 현상을 비출 수 있는 것과 같은 것이지요. 그러니 애써 구하려 들지 마십시오. 이것은 나의 당부이전에 무상스님의 법을 인가받은 마조(馬祖)스님의 사상이기도 합니다.

그러니 그의 사상대로 좌선을 해서 얻으려하지 말라는 것으로 구하면 집착이고, 괴로움이요, 구하지 않으면 즐거움(有求皆苦 無求乃樂)이 되는 것 아니겠습니까?

용문산 용문사에서 제운 합장.

그것

간다
어디로 가나

살아 있나
살아 있다 살았으이

그것 무엇인지
봐도 알 수 없다네

그래 그거야
그것이라니까, 허허.

나, 고기

고기 한 마리 구해다
부처 품에 안겨
나도 그 속에 끼었다

고기 눈알 뒤집었더니
내 속 훤히 보이네
따라서 비늘도 웃는다

고기가 말을 한다
'네 비늘 얼마만큼있냐'
세는 만큼 떨어지는 것이 있을까

말 길이 끊어지고 고기도 없다
비늘이 있을까보냐

니르바나의 노래

Let's go, 공문(空門)으로

걸음걸음에 집은 멀어지고
그리움도 저만치
낳아주고 기른 인연
그렇게 멀어져간다.

아지랑이 피어나는 논두렁을 지나
버들강아지 노는 개울을 건너
가야만 한다.
볼 수도 들리지도 않는 그 길을
나는 간다.

하늘이 다 덮는다지만 나를 덮을 수 없고
땅이 만물을 실어도 나는
그곳에 안주케 하지 못 한다네.

길에서 길을 찾는 어리석음인가

집에서 집을 지으려는 안타까움인가.

어느 쯤엔 가고 어느 쯤엔 몸을 숨긴다.
두려움을 떨친 백척간두(百尺竿頭)는
혼침(昏沈)의 거센 강물을 건너
니르바나(Nirvana)의 저 언덕을 향하여.

달마 환생

돌아, 돌아 돌아서 왔던 길 다시 가더라
본래 오지 않았다면 갈 일도 없었건만
본래 가지 않았다면 돌아올 일 없을 것을.

하하 우습구나!
천하의 달마가 빈손으로 갔다가
짚신 한 짝 건져들고 돌아가네.

환생이라 했던가?
나지 않았다면 환생도 없었을 것을
무엇을 수고롭게 왔다 갔다 하나
"나 괜히 왔다 간다."고 한 것처럼
중광도 그렇게 말하고, 그렇게 갔다.

그대의 모습 중생의 모습이고
그대의 모습 부처의 모습인데
그대가 들이킨 양자강
물 값이나 다 지불하고 간 것인가?

기러기는 찬 서리 따라 와서
찬 서리 따라 간다.

달마의 향기

이 분상에선 너와 네가 없고
식견의 유무와 분별이 끊어져 고요 그 자체여라

둘이 아닌 경계
성성삼매(惺惺三昧)에 들어
범(凡)은 성(聖)으로 인하나니
경계는 한 발짝이다.

달마 앞에 선 푸른 계도(戒刀)
흰 눈밭에 혈화(血花)로
초조(初祖)의 심인 얻은 혜가(慧可)가
"중생은 본시 부처다"하는 승찬(僧璨)

우두(牛頭)산 바라보며 마음자리 찾는 도신(道信)
황매산에서 "삼세제불도 알지 못합니다."는
도신을 낡은 홍인(弘仁)이어라.

"사람에게 남북이 있으나 부처에게 남북이 없다"

홍인의 넋을 뺏어 말을 잊도록 한 육조혜능(六祖慧能)

달마 꽃향기에 취한 다섯 잎이 창창해서
청원(靑原)과 남악(南嶽)을 낳았으니

"어디서 왔는가?"
"숭산(崇山)에서 왔습니다."
"어떤 물건이 이렇게 왔는가?"

8년이라는 세월이 흘렀다.
"설사 한 물건도 맞지 않습니다."(說似一物卽不中)
남악의 이 한마디는 육조를 넘어뜨렸다.

어느 날 남악이 기왓장을 갈았다.
범처럼 보고 소처럼 걷는 마조가
남악의 수레에 걸려 기사회생하고는

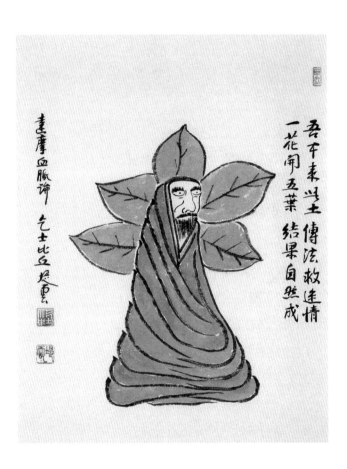

吾本來茲土　傳法救迷情
一花開五葉　結果自然成

達摩血脈論
兀止比丘懷雲

"이뭐꼬"(是甚)로 호떡장사를 하는데
3년 단골 백장(百丈)이 호떡의 참맛을 알게 되었다.
황벽(黃蘗)이 벽장에게 마조는 어떠하냐고 물었다.

불자를 높이 들고는 "대갈일성"을 했다고 했다.
이 소리를 듣는 순간
황벽은 사흘이나 귀가 먹고서야
황벽의 혀 둘림을 볼 수 있었다.

한 날 방귀쟁이 대우(大愚)가 나타나
"방부정언흘(放不淨言訖)로 임제를 키웠네"라고 했다.

임제(臨濟)는 장사꾼이다.
천하의 황벽과 대우를 조롱하니
그 솜씨 가히 천하상인(上人)이다.
행주좌와어묵동정에 전을 벌리고
무위진인(無位眞人)을 노래했다.

그로인해 1200년의 강줄기가
마르지 않고 흘러 흘러가고 있다.

*선시의 이해를 돕고자

부처님께서 그의 뒤를 이은 제자가 가섭이다. 그 후 27조 반야다
라존자의 제자가 28조 달마대사가 된다. 달마는 남천축국 향지
왕의 셋째아들로 태어났다. 스승의 가르침을 따라 바다건너 동
쪽으로 남중국 광주에 이르러, 다시 양무제를 만났다. 그가 양
무제를 만나 나눈 불사 이야기 중에 "짐을 대하는 이가 누구냐?"
"모릅니다."(不識)라는 이야기는 너무도 유명한 일화로 선가에
내려오고 있다.

그는 최초로 중국에 법을 전하게 된다. 그의 법을 이은이가 2조
혜가(慧可)다. 그리고 3조 승찬, 4조 도신, 5조 홍인, 6조 혜능대사
에 이르게 된다. 한날 6조 혜능에게 남악이 나타났다. 혜능은 그
에게 어디서 왔느냐고 물었다. 남악이 답하기를 "숭산에서 왔습
니다."하니 혜능이 즉시 "어떤 물건이 이렇게 왔느냐?"반문했다.
남악은 답하지 못하고 8년이라는 세월을 지나서 다시 혜능을 찾
아 "설사 한 물건이라 해도 맞지 않습니다."했다.

여기서 '둘 아닌 경계'는 주객이 끊어짐이요, 성성삼매는 참선하는 수행자가 오매불망(悟昧不忘)과 같아서 화두(話頭) 일여하다는 뜻이고, 임제스님을 장사꾼으로 비유한 것은 선의 도리로서 수행자들을 잘 대한다는 뜻이며, 방부정언흘(放不淨言訖)은 방구쟁이의 뜻으로 대우스님이 선승으로 방귀를 잘 뀌었다는데서 붙은 이름이다.

이로써 육조대사의 법을 이은 남악으로 해서 마조, 백장, 황벽, 대우, 임제로 이어져서 선의 황금시대로 꽃피우게 된다. 특히 임제스님의 무위진인(無位眞人, 차별없는 참사람)과 수처작주(隨處作主, 처하는 곳에 주인이 된다.)는 선어록의 별미라 할 수 있다.

도량에 서성이다

흐느끼듯 들려오는 개울물소리
풍성한 계절의 알림인가
나른한 초여름 풀벌레의 비가인가

때와 공간을 넘어선 중생들의 비탄이
저 멀리 낙타를 타고
맑은 이슬 찬란한 동녘 나라에

여기저기 뭉쳤다 흩어짐이
마치 바람에 안개 같아라.

시간은 예와 지금이 다르지 않은데
문득 빠져드는 오수(午睡)의 꿈이 아니더라.

꽃은 피고 지고
세월은 오는 듯 가고 하는데

갈길 재촉하는 Etranger 심정

누가 알아 Alone brink alcohol을 떨어뜨리오.

도리(道理)

무엇이 금강이냐
미친개는 몽둥이가 제법이지

무엇이 마음인가
졸릴 때 황 촛불 앞에 얼굴을 대 보거라

무엇이 도인가
짜증나게 굴지마라
갈증 나면 냉수 한 잔이면 어떨까

이것저것 분별해 봐도
남는 것 없고
있다 없다 해도
오가는 것 없는데
허상(虛想)의 공깃돌만 세는구나.
쯧!

명상

적적월하   寂寂月下
좌정삼매   坐定三昧
윤납냉기   潤衲冷氣
타아흉문   打我胸門
세쟁인아   世爭人我
미래공래   未來恐來
수재지아   誰在持我
향래아연   向來我然

고요한 달빛아래
좌정해 명상에 들다
옷깃에 스미는 찬 기운
내 가슴 문을 두들이네
세상은 너와 내가 다투고
오지 않은 내일의 두려움
누가 있어 나를 지켜줄 것인가
그래도 나는 내일을 향한다네.

불조(佛祖)

부처와 조사다
부처는 깨달음이고
조사는 그 뒤를 이은 이들이다

멀리는 부처의 후손이요
당겨보면 달마인 것을
보다 가까운 이해로는 임제(臨濟)의 후손이 맞아

불조, 이름만 들어도 정법이 질펀하다
수많은 시간을 억겁이라는데
우습다 억겁이 어디냐 순간도 틀렸다, 찰나지

오늘 이순간도
형편이 되는 분들 정의, 정의 하지요
정의가 어디 있소, 하나의 명사에 지나지 않음을

인간은 탐욕으로 사바에 왔기에
자신의 잣대로 판단하려들지요

쉬면 좋으련만 뛰어넘으면 더욱 좋으련만
번뇌 젖은 탁생들
쉬지도 얻지도 못하고
우왕좌왕 갈팡질팡
잘하면 지랄병이고 그렇지 않아도 자빠지지

다 집어치우고
하나를 얻으려느냐?
하나를 놓아라.
둘을 얻으려느냐?
둘을 놓아버려라.

비로소
삼라(森羅)와 내가 하나 되니
염정불이(染淨不二)요, 진속일여(眞俗一如)라

오늘 소식을 전한다.

남산엔 천둥치는데 북산에 비 오누나

악!

숲속에서

구름 벗 삼은 숲속에 앉아
가슴속에 켜켜이 쌓인 안개는
새 울음소리에 사라져가고

얼기설기 엮은 토굴에
꿰맨 누더기로 티끌세상 쉬어

산기슭 새초(細草)로 요를 삼아
쉼 없는 성성삼매(惺惺三昧) 들어

근심은 하늘 끝으로
Trance한 침묵 저편으로.

어느 여름 날

하늘 진노함에
천지야 변하는가?
세상은 오늘도 어제와 다르지 않아
북풍에 파랗게 멍들고
남풍에 마음 둘까 하는데
서풍에 놀라 자빠지니
동풍이 날 살리려드네
이 무슨 소식인가
안개 자욱한 어느 여름날이어라
악!

오가(悟家) 밥상

밥상에 눈 큰 고기 한 마리 올리고

별 조림에 달 찌게 산하(山河)성찬으로

난초 쌈에 돌 튀김 하나 올리고

말라빠진 명태인양 씹어대니

뚝 뚝 떨어지는 별똥 맛

짜다 시다 분별 끊어져

둥둥 배를 두드리다

깊은 잠에 빠져 경계마저 없어라.

이슬 꽃

저녁연기 피어오르고
창살은 빗물에 젖어
영계(靈溪)의 물소리 더해도
조주(趙州)차 한잔에
주객(主客)의 경계 끊어지니
삼세불(三世佛)도 그대로요
범성(凡聖)도 분명해서
청산(靑山)은 부동(不動)이요
유수(流水)는 바람이어라
어젯밤 관음(觀音)의 소식을 아는가,
난초 잎에 이슬 꽃이어라.

〈禪詩의 理解〉

연일 쏟아지는 빗물에 용문산은 온통 물바다인데, 비만 오는 것
이 아니라 바람도 함께 부니 한옥 요사(寮舍) 문살이 비에 흠뻑
젖었고, 천년의 숨결이 흐느끼는 영계(靈溪) 흐르는 물소리 우렁

차게 들려온다.

(여기까지가 현상 즉, 경계며 서론(序論)과 같다.)

이럴 때, 조주(趙州. 778~897. 중국 임제종 스님, 당나라 조주 땅에서
오래 살아서 조주라 함) 스님은 납자(衲子. 참선하는 스님)를 접함에
'차'로서 법거량(法擧量)을 많이 하기에 후인이 "조주 차"를 들고
나오고, 이밖에도 우리에게 많이 알려진 "조주〈무〉(趙州의 無)",
"조주〈구불성유부〉(狗佛性有否)" 등 많은 공안(公案)이 있는데,
스님들이 차를 함께하면서 주고받는 거래가 조주의 공안과 다르
지 않기 때문에, 끽다(喫茶)를 하는 순간, 온갖 의단과 근심을 놓
아버리면 경계가 끊어져 주객이 없게 된다.

그러므로 "과거불이나 현재불이나 여여(如如)해서 깨달으면 부
처요, 깨닫지 못하면 범부다." 이에 청산은 현상으로서, 푸르기
도 하지만 부동(不動)이라(움직이지 않음) 주인도 되며, 어느 때는
진여(眞如)며, 법성(法性)이 된다. 이에 반하는 '유수'는 마치 실체
가 없는 구름과 같아서 늘 흐르는 물을 비유했으며, 떠도는 나그
네가 되기도 한다.

(이 대목에서는 '茶'라는 theme가 등장함으로 해서 能所 즉, 주객(主客)
이 하나가 되는 것으로, 본론(本論)에 해당됨.)

어젯밤 관음(觀音)의 소식이란 선문(禪問)으로서 지난밤 공부경계를 암시한 뜻이고, 이에 답이라면, "난초 잎에 이슬 꽃"을 든 것은 마치 눈에 광명이 열리고보니 모든 경계가 거울 앞에서는 흰 것은 흰 대로. 검은 것은 검은 대로의 현상을 보는 것과 같은 뜻으로 이해하면 될 것이다. (이 대목에 와서는 주 객 경계 그 어떤 것도 다 뛰어넘어서 현상으로 돌아왔으니, 결론(決論)이 된다.)

자유자재

나그네가 왔다
어디서 왔느냐 물었다
청산 밟고 오는 길이라 한다
청산이 어디냐 물으니 발아래라 한다.
하하하

나그네 가는 길을 물었다
왔던 길 다시 가는 중이라 한다.
하하하

그대는 누구신지?
미생전(未生前)에 가서 물어보라한다.
하하하

갈 길이 머냐 가까우냐?
먼 곳도 가깝지도 않다한다.
하하하

끝으로 물었다

본래 무일물이라는데 정말이냐?

아는 놈은 알고 모르는 놈은 모른다 한다.

하하하

근원으로 돌아가면

온 것도 간 것도 없는데

나그네와 주인이 어디 있으리까?

다만 청산은 그 자리를

유수는 속삭이며 머물지 않고

구름은 허공을 의지한 채 자유자재 하는구려.

찌든 영웅들의 자화상

현금의 世態
누가주인이며
누가 나그네인가

주인 없는 나라
객도 없어라

붉은 단풍이 계절을 맞아
슬프게도 메마름을 격누나

사바의 언덕에서
九容에 잠시 머물고

눈앞엔 만경창파
일엽편주는
광낸 구두코 삿갓 쓴 격

부몽(復夢)의 옛일이라면

Rather

나눔에 더한 기쁨이 어떨까

시선일여

초판 1쇄 발행 2015년 8월 3일
지은이 | 제운 스님
펴낸이 | 이의성
펴낸곳 | 지혜의나무
등록번호 | 제1-2492호
주소 | 서울시 종로구 관훈동 198-16 남도빌딩 3층
전화 | (02)730-2211 팩스 | (02)730-2210
ⓒ제운

ISBN 979-11-85062-10-5 03810